AF216562

# Ungezogene Hunde

Herstellung und Verlag:
BoD – Books on Demand, Norderstedt
ISBN: 978-3-7481-5731-1

## Das Buch

Immer wird es lustige Geschichten über Hunde geben, gerade junge Hunde werden immer für Überraschungen sorgen. Gerade Hunde können wie kleine Kinder sein, sie sind verspielt, wollen alles untersuchen und kennenlernen, sie wollen nicht gehorchen und ihren Kopf durchsetzten, sie wollen alles jagen, sie möchten spielen und raufen, sich im Dreck wälzen, Sie wollen genau herausfinden, wie weit kann ich bei meinem Herrchen gehen, was darf ich alles machen, bis mein Herrchen böse wird. Haben sie etwas angestellt, dann schauen sie das Herrchen mit ihren treuen, großen Augen an und sagen dir, ich wollte das nicht, ich bin doch immer brav oder ich kann das gar nicht gewesen sein, so etwas mache ich doch nicht, das war ich nicht.

Ich bin doch kein ungezogener Hund?

# Peter S. Fischer

# Ungezogene Hunde

## Band 2

25 lustige Hundegeschichten

Ein Hund weiß immer zu wem er gehört, aber, manche Menschen scheinen es nicht zu wissen, zu wem sie gehören?

Peter S. Fischer

# Geschichte 1

## *Der verspielte Hund*

   Wir waren fast jedes Wochenende auf unserem
Campingplatz in Franken. Chiko unser Welpe, er war
erst 8 Monate alt. Er fühlte sich sehr wohl auf diesem
Campingplatz, er hatte dort viele Freunde mit denen er
sich sehr gut verstand und spielen konnte. Dazu
gehörte ein für ihn sehr großer, junger Boxer Rüde.
Chiko spielte mit ihm, mit einem großen Ball und sie
tollten wild umher, obwohl es einen immensen
Größenunterschied gab.

   Die Familie mit dem Boxer wollte dann ihren Grill
anzünden und sie holten ihren Hund in das Vorzelt. Sie
machten ihn an einem Schrank fest und legten leckere
Sachen auf den Grill. Sehr gelangweilt legte sich der
Hund hin, aber er hatte uns und Chiko immer im Auge.
Die ganze Familie des Boxers war in diesem Moment
um den Holzofengrill versammelt und sie tranken
zusammen Bier und schauten hungrig auf die leckeren
Würste und Fleisch.

   Meine Frau und ich spielten unterdessen mit Chiko
weiter, ein anderer Hund hatte sich dazu gesellt, vor
dem Vorzelt des Boxers, der uns genau beobachtete.
Der Hund tat uns sehr leid. Er hätte ohne weiteres mit
uns spielen können und die Familie ungehindert grillen
können. Die Nase richtete sich inzwischen doch immer

wieder zu dem Grill, aber der Blick war genauso unentwegt auf dem Ball, mit dem wir spielten, gerichtet. Er fing an zu jammern, aber er wurde nicht beachtet. So kam es, wie es kommen musste, irgendwann schmiss ich den Ball, den Chiko hinterher rennen wollte. Aber unser lieber Boxer wollte in diesem Moment auch hinterher rennen, aber er war ja an einem Schrank im Vorzelt festgebunden.

So schnell konnte keiner reagieren wie sich der Hund in Bewegung setzte. Mit einem gewaltigen Satz sprang der muskulöse Körper auf und wollte den Ball hinterher. Der Schrank an dem er festgebunden war, stürzte mit einem lauten Knall um, und riss das gesamte Vorzelt mit sich und der Grill fiel dabei mit um und die Würste und das Fleisch landeten im Gras. Alle Augen waren plötzlich auf dem lieben Boxer gerichtet. Niemand sah auf das Gegrillte. Alle sahen erst auf das Vorzelt. Der Boxer wollte immer noch, obwohl alles hinter ihm zusammen gekracht war, dem Ball hinterherjagen.

Die Familie nahm erst den Boxer von der Leine, der sofort Chikos Ball beschlagnahmte. Die Familie versuchte unterdessen das Vorzelt wieder aufzustellen, sowie den Schrank wieder an seinem Platz zu stellen.

Aber die Hunde hatten ihr Interesse geändert und hatten etwas in der Nase und die waren plötzlich nur noch auf das Gegrillte gerichtet. Ganz schnell waren die leckeren gegrillten Würste und Fleisch von drei

Hunden vernichtet. Die sich herzlich bei den Besitzern bedankten.

Ganz unschuldig saß der junge Boxer nach dem er Satt geworden war da und meinte: „Ich bin doch kein ungezogener Hund, da ich alles vom Boden gefressen hatte, meine Freunde waren mit eingeladen, das war doch selbstverständlich. Alles was am Boden lag, gehörte uns. Da brauchen wir keinen Anwalt, der würde sich für uns entscheiden, wir sind keine ungezogenen Hunde, aber ich glaube, den Fall würden wir gewinnen, ganz bestimmt?"

Die Familie fuhr noch einmal zum Einkaufen und der Grill wurde neu belegt. Der Boxer bewachte dann den Grill ganz genau. Stolz saß er neben den Grill und seine Augen waren nur auf die leckeren Würste gerichtet. Noch lange wurde auf dem Campingplatz diese Geschichte erzählt.

# Geschichte 2

## *Ein Goldi allein zu Hause*

In unserer Wohnanlage lebte eine sehr liebe Golden Retriever Dame, sie war noch verspielt und sehr jung. Sie wurde von ihrem Herrchen sehr viel alleine gelassen, da sie beide voll berufstätig waren und sie wohnten im ersten Stock. Ich dachte mir, dass sich der Hund oft sehr vernachlässigt fühlte und zu wenig Auslauf bekam. Aber trotzdem, kannten wir die beiden sehr gut und bekamen von ihrem lieben Hund eine sehr nette Geschichte zu hören, „Die ich natürlich gerne weitererzähle."

Die beiden Herrchen mussten jeden Tag sehr früh außer Haus, bis die beiden wieder nach Hause kamen und mit ihrem Hund Gassi gingen verging sehr viel Zeit. Der Hund hatte sehr viel Zeit alles genauestens zu untersuchen. Ihm wurde es mit der Zeit langweilig.

Eines Tages ließ Frauchen ihren kleinen blauen Echtledergeldbeutel auf ihrem Wohnzimmertisch liegen, der nicht so hoch war. Er war nur für etwas Kleingeld gedacht, für Brotzeit und einen kleinen Schnelleinkauf. Jetzt war das Retriever Weibchen ganz alleine zu Hause. Was konnte sie alleine in der Wohnung tun, außer blöde in ihrem Körbchen liegen. So kam der junge Hund auf die Idee: „Ich könnte doch mal alles genauer anschauen, was da so alles herum lag, keiner kann mich beobachten." Sie dachte sich wahrscheinlich, vielleicht, könnte mich dieses und jenes interessieren. Sie hatte in dieser Zeit die gesamte Wohnung durchsucht und auch den Wohnzimmertisch begutachtet, anscheinend hatten sich die Blicke somit auf den kleinen Echtledergeldbeutel gerichtet und ihr Interesse geweckt.

Sie dachte wohl: „Das kleine blaue Ding, muss ich mir mal genauer anschauen, vielleicht kann man das fressen. Sie holte sich das gute Stück vom Wohnzimmertisch, wer sollte sie daran hindern. Sie untersuchte den Geldbeutel ganz genau, vielleicht schmeckte, das blaue, kleine Ding ganz gut. Das sehr harte Kleingeld, meinte der Hund: „Das fresse ich nicht, dass verdaut sich so schlecht, das lasse ich besser liegen, aber den Geldbeutel fresse ich jetzt ganz, damit es niemand bemerkt, dass ich es war."

Wir trafen die Frau später beim Gassi gehen, mit ihrem Hund, sie erzählte uns gleich, was ihr Hund gefressen hatte. Ihren blauen Kleingeldbeutel. Sie meinte immer wieder, es könnte nur mein Hund gewesen sein, denn das Kleingeld war am Boden zerstreut. Sie sagte dabei zu ihrem Hund: „Du wärst dabei nie Reich geworden, es war nur Kleingeld darin gewesen und ein Goldesel bist du auch nicht!

Wir liefen zusammen ein ganzes Stück und plötzlich setzte sich ihr Hund hin und musste seinen Stuhlgang verrichten und dieser war total Blau, der Täter war überführt, er konnte wohl nicht mehr leugnen. Noch einige Tage danach, war immer noch alles blau. Das Gute daran war, dass es echtes Leder war und das verdaute der Hund anscheinend ohne Nebenwirkungen und machte ihm anscheinend nichts aus. „Herrchen und Frauchen müssen sich wohl mal was anderes überlegen, was sie liegenlassen könnten."

Der Hund dachte sich wohl, ich bin doch kein ungezogener Hund, wenn ich ein bisschen Farbe ins Spiel bringe? Sonst ist es doch immer die gleiche Scheiße, was dabei rauskommt. Nächstes Mal können sie was Rotes liegenlassen.

# Geschichte 3

## Der Kanal

Diese Geschichte erzählte mir eine gute Freundin, die natürlich einen Hund besaß, einen etwas älteren Pulli. Dieses Erlebnis hatte sie mit einer guten Bekannten, die einen sehr jungen Hund besaß, der gern Ball spielte. Zusammen waren sie einen sehr schönen ruhigen Weg gelaufen, der an einem Kanal entlangging. Der Kanal war abgelassen worden.

Die beiden Hunde spielten etwas zusammen, aber irgendwann wurde es dem Pulli zu viel, so war es dann, dass der junge Hund sein Frauchen aufforderte mit ihm Ball zu spielen. Immer wieder warf das Frauchen den Ball dem jungen Hund zu. Unermüdlich jagte der Hund hinter dem Ball her und brachte den Ball seinem Frauchen zurück. Alle amüsierten sich köstlich über die Energie des jungen kleinen Hundes. Auch der Pulli sah etwas neidisch hinterher.

Aber es kam anders, als sie sich gedacht hatten. Der junge Hund erwischte beim Werfen den Ball, lenkte ihn etwas ab und sein geliebter Ball landete in dem ausgetrockneten Kanal. Der junge Hund sah den Ball hinterher und lief am Rand des Kanals hin und her. Er jammerte und bellte zu dem Ball hinunter. Bevor die Frauen den Hund erreichten, sprang der Hund doch, der Hund war im ausgetrockneten Kanal und hatte sofort seinen geliebten Ball im Maul. Aber was jetzt, der Hund kam alleine von diesem Kanal nicht mehr hoch. Die Mauern waren für den Kleinen viel zu hoch. Guter Rat war teuer? Die Frauen beratschlagten und meinten: „Sie können ihren Hund auf keinen Fall im Kanal lassen."

Der Hund entdeckte noch zur Überraschung der beiden Frauen, dass der Kanal ganz schön dreckig war und es da unten sehr schön stank. Er sagte sich: „Bis mein Frauchen kommt, könnte ich mich in dem Dreck wälzen und es mir richtig gut gehen lassen, das macht richtig Spaß." Die Frauen sahen, dass mit anderen Augen und wollten, dass der Hund schnellstens aus dem Dreck herauskam und die Frau ließ sich mit Hilfe ihrer Freundin vorsichtig zu ihrem Hund hinunter, holte ihren Dreckspatz und überreichte den übelriechenden Hund, ihrer Freundin. Der Hund war nur noch ein schwarzes klebriges Etwas.

Aber jetzt kam es anders, als die Frauen es sich gedacht hatten. Der dreckige liebe Hund stand am Rand des Kanals mit seinem Ball im Maul, er wollte weiterspielen und sein Frauchen kam die glatten Mauern des Kanals nicht mehr hoch, auch mit Hilfe ihrer Freundin, sie hatte nicht die Kraft. Die Frauen mussten auf Hilfe warten, die ihr aus der misslichen Lage befreien konnte. Lange mussten die Frauen warten, bis zwei kräftige Männer kamen und die Frau aus dem Kanal halfen.

Sofort freute sich der junge Hund und warf freudig den Ball seinem Frauchen vor die Füße und wollte weiter spielen. Aber die beiden Frauen hatten für heute kein Interesse mehr und traten zusammen den Heimweg an, Frauchen sagte zu ihrem Hund: „Ich mach mit dir dann ein besonderes Spiel, den Dreckspatz baden!" Der Hund dachte sich: „Ich hatte doch nur Ball gespielt, da konnte ich doch nicht ungezogen sein und ich konnte doch nichts dafür, dass es da unten so dreckig war."

# Geschichte 4

## Das kleine Schlitzohr

Die Geschichte die ich ihnen schrieb, hatte ich von unserer Nachbarschaft erzählt bekommen. Ich fand sie sehr lustig und hatte mir Gedacht, die Geschichte ist nicht nur für meine Ohren.

Es war ein sehr schöner Herbst Wochenende. Der kleine Prinz, so hieß er, ein schöner, kleiner Yorkshire Terrier musste mal hinaus. So ging sein Herrchen in Richtung Wertach, es war ein kleiner Fluss und somit kam er durch unsere Wohnanlage. Der kleine Yorkshire Rüde durfte ohne Leine laufen und lief immer ein Stück voraus. Plötzlich wurde er immer schneller und rannte dann sogar davon. Das Herrchen schrie seinem Hund hinterher, aber er gehorchte nicht mehr, er ignorierte jeden Befehl, den sein Herrchen hinterher rief, als wenn er niemals etwas gelernt hätte, alles war vergessen. Er konnte nicht glauben, was sein Hund gerade machte, einfach so davonrennen. Er dachte sich daraufhin: „Hoffentlich muss ich meinen kleinen Scheißer jetzt nicht überall suchen?" Er lief auf jeden Fall in die Richtung, wo er Prinz vermutete?

Zur selben Zeit war an einer Uferstraße, die nette kleine Mischlingshündin Tiva, aus ihrem Garten gelaufen und spielte mit einer anderen Hündin, auf der ziemlich unbelebten Straße, eigentlich war es mehr ein

Weg. Das Frauchen redete unterdessen mit dieser Frau, der die andere Hündin gehörte. Tiva war aber läufig und roch für alle Rüden sehr gut. Tiva war eine ganz schöne und temperamentvolle Hündin. Die kleine Hündin aber ahnte keineswegs, wer sich ihr auf schnellen kleinen Pfoten näherte. Prinz rannte ihn die Uferstraße und direkt auf Tiva zu, spielte kurz mit ihr und dann passierte das Hundeschicksal.

Das Herrchen kam gerade um die Ecke gelaufen und konnte nur noch seinen Prinz beobachten, wie er die kleine Tiva beglückte, es war zu spät, dass er eingreifen konnte, Hunde die schon so zusammen waren, durfte man nicht mehr trennen. Auch das Frauchen von Tiva bekam einen Schreck, als sie das zu sehen bekam, was gerade vor sich ging.

Das Herrchen machte sofort einen Rückzug und gab sich nicht zu erkennen, als Prinz mit Tiva fertig war, machte der kleine freche Schürzenjäger kurz darauf auch einen Rückzug und war für immer verschwunden. Die Familie von Tiva hoffte, dass der Kleine kastriert war, es war aber nicht so, Tiva wurde schwanger und bekam vier hübsche Welpen. Eines dieser Welpen wurde unser Hund Chiko.

Prinz dachte sich wohl: „Ich kann doch nicht die hübsche Lady so einfach gehen lassen, wenn sie so gut riecht. Sie wollte es doch auch!" So war ich doch kein ungezogener Hund?

# Geschichte 5

## Der Zaun

Aus meiner Hundenachbarschaft, hatte ich eine weitere lustige Geschichte erfahren, die ich natürlich nicht vorenthalten wollte. In einer schönen Siedlung, mit ein paar Familienhäusern und großen Gärten, wohnte ein großer und kleiner Hund die Nachbarn waren, wenn die beiden im Garten waren, rannten die beiden, als erstes zum Zaun und schauten nach, ob sich vielleicht der Nachbar auch im Garten befand. Dann gab es erst ein großes Gebell und sie hetzten nebeneinander, mit großem Gezeter den Zaun entlang. Bestimmt schrien sie sich gegenseitig zu: „Fang mich doch, aber du bekommst mich nicht, du bist zu langsam." Immer wieder rannten sie unaufhörlich auf und ab. Auch standen sie sich gegenüber und knurrten sich an, ganz nah waren sie sich. Die beiden Nasen waren direkt am Zaun. Nur die Zaunlatten trennten die Nasen. Langsam liefen die beiden Hunde mit den Nasen am Zaun, auf und ab und immer wurde genau beobachtet, was der andere machte.

Eines Tages war der Zaun morsch und die Nachbarn taten sich zusammen und mussten einige Latten des Holzzauns erneuern. Sie entfernten gemeinsam ein Stück des Zauns und machten sich bereit, die neuen Teile anzubringen. Die beiden Hunde waren im Garten und hatten sich im Visier. Sie rannten gemeinsam den

Zaun auf und ab. Aber hatten noch nicht bemerkt, das daran gearbeitet wurde. Dann standen sie sich wieder mit den Nasen an den Holzlatten gegenüber und sahen sich dabei starr in die Augen, immer mit einem gefährlichen Knurren. Nur eine kleine Holzlatte hielt sie ab, dass sie nicht zusammen kamen. Langsam liefen die beiden Hunde den Zaun auf und ab.

Die beiden Nachbarn beobachteten ihre Hunde und sahen, dass sich die beiden im Visier hatten. Erschreckt mussten sie dann zuschauen, dass die beiden auf die Lücke zukamen, die sie im Zaun zurückgelassen hatten. Plötzlich bemerkten die Hunde, es war keine Latte mehr zwischen ihren Nasen. Erschreckt starrten sich die Hunde erst mal gegenseitig an und konnten nicht glauben, dass zwischen ihnen nichts mehr war.

Eine ganze Weile sahen sie sich erst an, plötzlich packte den Kleinen der Mut und biss den Großen erst mal in die Nase. Dann war eine Rauferei im Gange, die beiden Männer mussten ihre Hunde zurechtweisen.

Der kleine Hund meinte: „Ich war doch kein Ungezogener Hund, wenn ich dem riesen Tier erst mal in die Nase beiße? Ich bin doch so klein!!!“

Ich hatte später erfahren, dass die Hunde daraufhin Freunde wurden und miteinander spielten und tobten. Die Nachbarn gingen zusammen mit den Hunden Gassi. Wenigstens hatte diese Geschichte ein Happy End.

# Geschichte 6

## Mal eine andere Vertretung

Immer wieder bekam ich eine andere Geschichte zu Ohr, so erzählte mir eine Frau eine Geschichte von einem Vertreter, den sie bestellt hatte.

Der Vertreter kam eines Abends und fuhr mit einem großen, schönen Auto zu ihr in die Hofeinfahrt, danach machte sie das Tor zu, damit ihre beiden großen Hunde nicht wegliefen. Der Vertreter machte seine Heckklappe auf, damit er seine Utensilien herausnehmen konnte. Da es ein schöner Tag war, ließ er seinen Kofferraum auf. Sie gingen gleich in das Haus und der Vertreter konnte seine Sachen zeigen und vorführen.

Die beiden Hunde blieben unterdessen im Garten und spielten und tollten im Garten. Der Vertreter hatte wahrscheinlich die großen Tiere nicht wahrgenommen und die Frau hatte sie nicht erwähnt. Nach einer gewissen Zeit kam der Vertreter aus dem Haus und bedankte sich für ihre Geduld und er hatte ein gutes Geschäft gemacht. Der Vertreter packte eilig seine Sachen in das Auto und zur gleichen Zeit machte die Frau das Tor auf.

Er stieg dann in sein Auto ein und verabschiedete sich noch einmal. Die Autotür schloss sich. Der Motor wurde angelassen. Dann kamen in dem Fahrzeug plötzlich zwei große Hundeköpfe hoch. Nichts rührte sich, eine ganze Weile in dem Fahrzeug, nur der Motor lief. Das Fahrzeug setzte sich nicht in Bewegung. Der Motor wurde wieder ausgemacht. Ganz langsam und vorsichtig öffnete sich die Autotür. Ganz vorsichtig kam ein Fuß aus dem Fahrzeug und ganz vorsichtig folgte der ganze Mann. Das Gesicht war leichenblass, so kam der Mann auf die Frau zu und fragte vorsichtig: „Sind das vielleicht ihre Hunde." Die Frau erschrak und sah sofort in das Auto des Geschäftsmannes und konnte es nicht glauben, dass ihre Hunde plötzlich in dem Auto waren. Dann musste sie lachen und meinte: „Sie weiß, dass ihre Hunde sehr gerne Auto fahren, aber in ein fremdes Auto waren sie bis jetzt noch nie hineingesprungen. Sofort jagte sie ihre Hunde aus dem Auto und sie sahen beide nach, ob die beiden Schlawiner etwas schmutzig gemacht hatten, das hatten sie nicht gemacht. So hatte sich die Angelegenheit schnell wieder entspannt: „Der Vertreter wird sehr wahrscheinlich noch lange an diese Hunde denken." So eine nette Mitfahrgelegenheit bekam er nicht alle Tage.

„Die Hunde werden sich gedacht haben, immer das gleiche Auto, wir wollen auch mal was anderes Fahren, als die alte Kiste, das Frauchen immer benützt und wir wollten uns den Vertreter auch mal vorstellen, warum nicht gleich im Auto."

Sind wir deswegen ungezogene Hunde? Bestimmt
nicht, aber wir würden schon noch etwas flotteres
Fahren!

# Geschichte 7

## Nächtliche Geräusche

Ich erfuhr eine nette Geschichte von einem sehr
schönen Labradormischling. Ich konnte natürlich nicht
anders und musste diese sofort aufschreiben.

Wie gesagt, eine alleinstehende ältere Frau, mit
einem Haus und Garten, lebte mit ihrem Labrador
alleine. Sie fühlte sich von ihrem größeren Hund ein
wenig beschützt. Nichts ahnend ging sie sehr spät in ihr
Bett, ihr Hund musste in der Diele schlafen. Sie dachte
sich, so könnte ich noch ein paar Zeilen lesen und dann
in Ruhe schlafen. Bald darauf machte sie die
Nachttischlampe aus und schlief fest ein.

Mitten in der Nacht wachte sie dann erschreckt auf,
ein rumpeln war zu hören. Sofort dachte sie an
Einbrecher. Wilde Gedanken gingen ihr durch den
Kopf, sollte sie die Polizei rufen? Sie wusste nicht, was
sie tun sollte? Immer wieder hörte sie ein rumpeln und
anderen Krach. Dann überlegte sie: „Warum meldet
sich mein Hund nicht, lebt er noch? Was passiert in
meinem Haus, was geht hier vor?" Angst überkam die

arme Frau. Sie nahm doch ihr Handy, das immer an ihrem Nachttisch lag in die Hand und wählte den Notruf. Sie erklärte, dass in ihrem Haus unbekannte Geräusche waren. Der Mann am anderen Ende nahm den Anruf sehr Ernst und meinte: „Er schickt einen Streifenwagen vorbei."

Kurze Zeit später erschienen zwei nette Beamte und sahen sich im Haus um und konnten auf Anhieb nichts erkennen. Bis die Beamte ein rumpeln hörten und das kam vom Abstellraum und sie öffneten die Tür. Siehe da, sie hatten den nächtlichen Dieb auf frischer Tat ertappt. Es war der Labradormischling. Selbst die Beamten mussten lachen, als sie den Hund und den Fußboden mit Futter und anderen Utensilien übersäht sahen. Unschuldig sah der Hund die beiden Beamten an und er war sich seiner Schuld bewusst. Schnell wurde der Täter aus dem Abstellraum abgeführt und seiner Besitzerin übergeben. Der Hund war mit verschiedenen Sachen bedeckt, die er heruntergestoßen hatte.

Sehr wahrscheinlich hatte der Hund, als alles still war, sich aufgemacht zum Abstellraum, hier wusste der Hund, dass sein ganzes Fressen lagerte. Still und leise versuchte er an sein Trockenfutter zu kommen. Er hatte noch großen Hunger. Geschickt stieß er den Eimer um, in dem das Trockenfutter gelagert war und fraß sich satt. Aber was der Hund nicht beachtet hatte, dass er dabei seinen Fluchtweg zustieß. Plötzlich war die Tür vom Abstellraum verschlossen. Er wusste nicht mehr wie er herauskam. Der Hund bekam Panik, er wollte um jeden Preis den kleinen Raum verlassen und räumte dabei weitere Sachen aus den Regalen. Warum der Hund nicht gebellt hatte, konnte man ihn nicht fragen? Er war nicht Vernehmungsfähig.

Die Beamten hatten ihren Spaß mit dem nächtlichen Einbrecher und verabschiedeten sich dann schnell. Aber das Frauchen hatte eine große Wut auf ihrem nächtlichen Fresser und der wurde erst mal zur Strafe gebürstet, was für den Hund eine große Strafe bedeutete und dann musste erst mal der Abstellraum aufgeräumt werden. Frauchen schimpfte dabei, dir hätten sie doch die Handschellen anlegen sollen, abführen und in eine Zelle einsperren.

Der Hund meinte: „Ich hatte doch nur Hunger, deswegen brauche ich doch keine Handschellen, was kann ich dafür, dass die Tür zufällt. Deswegen bin ich doch kein ungezogener Hund? Ich wollte nur zeigen, dass ich mich selbst versorgen kann!"

# Geschichte 8

## *Der Schwarzfahrer*

Eines Tages beim Gassi gehen trafen wir einen Herrn, den wir immer mit seinem kleinen Mops laufen sahen. Ganz aufgeregt war der Herr. Gleich fragte er uns: „Ob wir seinen Hund gesehen haben, er ist ausgebüxt, er findet ihn nicht, er ist die gesamte Strecke abgelaufen, die er sonst mit ihm lief. Er weiß nicht mehr, wo er noch überall noch suchen soll, das hat sein Hund bis jetzt noch nie gemacht."

So entschlossen wir uns, dass wir unsere Gassi Runde noch ein wenig ausweiten würden und andere Hundebesitzer die unterwegs waren, zu fragen. Aber der kleine Mops blieb für uns verschwunden. Der Mann tat uns leid, denn wir wussten, dass er sich rührend um seinen kleinen Hund kümmerte und er wirkte sehr verzweifelt.

Am nächsten Tag mussten wir mit dem Auto fahren, um eine Besorgung zu machen. Da sahen wir den Mann an der Hauptstraße mit seinem kleinen Mops laufen. Wir waren sichtlich erleichtert, dass der Mann seinen Hund gefunden hatte. Wir waren uns eigentlich sicher, dass der Kleine gar nicht so weit weg gewesen war und gleich wiedergefunden wurde. Am selben Abend, trafen wir zufällig den Mann bei seiner üblichen Runde mit seinem Hund. Natürlich wollten wir wissen, wie er zu seinem Hund gekommen war. Der Mann musste lachen und holte gleich aus, um es uns zu erzählen.

„Ihr werdet es nicht glauben, was der kleine Frechdachs gemacht hat. Er ist keiner läufigen Hündin nach, sondern einem guten Fressen, als wenn er zu Hause nichts bekommen würde. Er war mir beim Gassi gehen einfach abgehauen. Ist dann zur Straßenbahn Haltestelle gelaufen, da wir Niederflurstraßenbahnen haben, konnte der kleine Wicht locker einsteigen und ohne Probleme die zwei Haltestellen zu meiner Schwester fahren. Vor ihrer Türe war er dann alleine gesessen und hatte gewartet, bis sie nach Hause kam. Den Weg wusste der Ausreißer sehr gut, weil ich mit ihm sehr oft dort hingefahren war und sie verwöhnte den Kleinen immer mit ganz besonderen Leckereien. Bis ich dann dort war und den Ausreißer holen konnte, hatte meine Schwester ihn wieder ganz besondere Sachen gemacht, sogar gekocht und er hatte sich den Bauch vollgeschlagen. Wie soll ich ihn dann zurechtweisen und sagen, dass er, das nie wieder machen soll. Schwarzgefahren war er oberdrein, er hatte keine Fahrkarte dabei." Aber trotzdem war der Mann froh, dass er seinen Hund wieder hatte, aber er war erstaunt darüber, dass der Hund so klug war und alleine Straßenbahnfahren konnte und dazu Schwarz, vielleicht kannte er noch dazu die Kontrolleure!

„Der Hund wird sich wohl gedacht haben, ist doch mir egal ob ich Schwarzfahre, Hauptsache, ich habe meinen Bauch voll, mit leckerem Fressen. Deswegen bin ich doch kein ungezogener Hund, ich esse doch alles auf?"

# Geschichte 9

## *Schnell getrennt*

Immer wieder erzählten uns einige bekannte Hundebesitzer, ungewöhnliche Erlebnisse von ihren Lieblingen. So hörten wir eines Abends diese Geschichte, mit zwei Husky Mischlingen. Die Namen der beiden Hunde, waren mir nicht bekannt.

Es waren eigentlich zwei ganz brave und wohlerzogene Hunde, sie hatten nur einen kleinen Tick, sie fahren alles was sich bewegte, Auto, Bus, Straßenbahn, Zug. Diese Hunde brauchte man nicht aufzufordern, in ein Gefährt einzusteigen, sie machten es selbst mit großer Leidenschaft.

Eines Tages meinte die Frau: „Sie will ein paar Besorgungen in der Innenstadt erledigen und da sie nicht so lange dafür braucht, möchte sie die beiden mitnehmen." Auch wollte sie den beiden eine Freude bereiten, da sie so gerne mit dem Bus fuhren. Sie machte mit den beiden vorher noch eine große Gassi

Runde und ging danach zur Bushaltestelle. Ganz
aufgeregt waren die beiden, sie konnten es nicht
erwarten in den Bus einzusteigen. Alles mussten die
beiden genau beobachten. Schön Brav verhielten sich
die beiden Hunde bei dieser Fahrt in die City. Schnell
hatte sie dann ihren Einkauf erledigt und wollte dann
zurückfahren. Die Frau war jetzt auf ihre gut erzogenen
Hunde angewiesen, dass sie von ihnen erwartete, da sie
ein paar Taschen zu tragen hatte. Sofort stiegen die
Hunde ganz aufgeregt ein und fuhren gemütlich
zurück. Frauchen versprach den beiden ein sehr gutes
Fressen, das sie für die beiden beim Metzger
eingekauft hatte und das für ihre Lieblinge noch extra
braten wollte.

Bald kam dann die Haltestelle, an der sie aussteigen
mussten. Die Türen von dem Bus öffneten sich. Brav
stiegen die Husky Mischlinge aus. Die Türen fingen an
sich zu schließen. Mit einem riesen Satz sprang einer
der beiden Hunde wieder in den Bus. Aber die Hunde
waren angeleint. Jetzt hing die Leine in der
geschlossenen Türe. Ein Hund war im Bus und der
andere war neben ihr und der Bus fing im selben
Moment anzufahren. Der Frau blieb nichts anderes
übrig, als die Hundeleine des Ausreißers loszulassen.
Sie rief sofort dem Bus hinterher. Auch die Leute im
Bus riefen dem Busfahrer zu, der sofort seine Fahrt
stoppte. Die Frau konnte dann ihren Schwarzfahrer aus
dem Bus herausholen, der erst nach gutem zu reden
widerwillig den Stadtbus verließ.

Die Frau konnte nicht verstehen, was in ihrem Hund, bevor sich die Türe schloss, in seinem Schädel vorgegangen war, dass er so eine unüberlegte Aktion gemacht hatte. Der Hund meinte, das war nicht unüberlegt, ich wollte einfach weiterfahren. Ich verstand so und so nicht, warum wir alle ausgestiegen waren, deswegen war ich doch kein ungezogener Hund?

# Geschichte 10

## Großes Risiko

Ich hatte vor längerer Zeit zwei Dackel – Cockerspaniel - Mischlinge. Sie waren Geschwister, ein Weibchen und ein Männchen. Sie hießen Rocky und Trixi und sie waren jung und sehr lebhaft. Ich hatte sie mit 12 Wochen bekommen und hatte meine Mühe sie zu erziehen, sie hatten mir gezeigt, dass Dackel in ihren Genen waren. Aber sie waren trotzdem sehr liebe Hunde und eines Tages hatte ich sie soweit, dass sie mir ohne Leine gehorchten. Sie jagten keine Fahrradfahrer und Jogger mehr. Sie waren dann ca. 1,5 Jahre alt und ausgewachsen, als ich diese lustige Geschichte erlebte.

Eines Tages ging ich mit meinen Dackel - Mischlingen an der Wertach spazieren. Die beiden Hunde liefen die große Strecke mit großer Freude mit, ganz brav kamen sie immer wieder zurück, wenn ich sie rief. So hatte ich meine große Freude mit den beiden. Nach einem circa einstündigen Marsch liefen wir zurück, wir kamen dann zu unserer Wohnanlage. Die Dackel liefen ohne Leine brav nebenher, ich brauchte sie nicht zu bitten bei mir zu bleiben.

Aber was ich nicht geplant hatte, in den Büschen saß der alte gehörlose Kater Felix. Meine zwei noch sehr verspielten Hunde sahen den Kater und waren nicht mehr zu halten. Wer ihn von den beiden zuerst gesehen hatte, bekam ich nicht mit. Auf jeden Fall, alle beide waren mit ein paar schnellen Sprüngen bei diesem Kater. Der blieb stur sitzen und fauchte die beiden erst mal böse an. Ich versuchte sie zurückzurufen, aber ohne Erfolg.

Sie sprangen um den Kater verspielt herum, ich merkte, dass sie mit Felix spielen wollten, aber der Kater hatte mit Spielen, nichts im Sinn. Ich merkte, dass Felix nicht mehr lange mit meinen Hunden Geduld haben würde. Ich musste sie unbedingt weglocken. Der Kater zeigte ihnen schon seine Pfote mit ausgefahrenen Krallen und er saß nach wie vor, stur da, er weichte keinen Millimeter. Ich versuchte immer wieder meine Hunde zu packen und sie von Felix wegzubringen. Meine Hunde rannten so schnell um den Kater herum, dass ich keine Chance hatte, die agilen Tiere zu packen und sie in Sicherheit zu bringen.

Dann war Rocky einen Moment vor Felix und wollte ihm seine Pfote verspielt auflegen, in diesem Moment schoss die Pfote von Felix nach vorne und erwischte meinen Rüden an der Schnauze. Schnell schreckte Rocky zurück und jaulte jämmerlich. Plötzlich stand Trixi ganz ruhig neben mir. Sofort schaute ich die Schnauze von Rocky an, die zum Glück nur einen kleinen Kratzer hatte. Felix saß noch immer ganz ruhig da. Bestimmt hatte er ein kleines Lächeln in sich. Danach liefen meine Hunde ganz brav zu unserer Wohnung. Rocky ging gleich in sein Körbchen und legte seine Pfote auf die Schnauze. Sonst wollten die beiden nach dem Spaziergang im Garten tollen. Heute war erst mal Ruhe angesagt. Seit diesem Tag machten die beiden einen großen Bogen, um den alten gehörlosen Kater.

„Der Kater wird sich wohl gedacht haben, ich lasse mich doch nicht von zwei so jungen Hunden, nicht verrückt machen!"

Die beiden hatten sich wohl gedacht: „Warum sollen wir nicht mit Felix spielen können, deswegen sind wir doch keine ungezogenen Hunde?"

# Geschichte 11

## Der große Rammler

Wie so oft spazierten wir an der Wertach entlang und liefen direkt auf eine Frau mit einer Colli Hündin zu, die gerade läufig war. Wir unterhielten uns zusammen über diese Phase der Hunde und auch, wie sich dabei die Rüden verhielten, aber mein Rüde verhielt sich dieser Dame uninteressiert, also war die Dame anscheinend noch nicht so weit. Wir standen noch nicht so lange, da kam eine Frau mit einer Terrier Dame dazu und fing an, sich mit uns zu unterhalten. Sie erzählte dabei ihre Geschichte. Die ich nicht vorenthalten wollte.

Sie lief wie wir den Weg an dem Fluss entlang, ihre Terrier Hündin war läufig und sogar in der heißen Phase. Sie war nicht weit entfernt von einem Hundeclub, sie hörte die vielen Hunde bellen. Dort liefen die meisten Besitzer mit ihren Hunden noch Gassi bevor sie den Club betraten. Dann kam ihr ein sehr großer Mischlingshund entgegen und das ohne Leine. Unsere Erzählerin sagte, dass sie es mit der Angst zu tun bekam. Denn der Hund kam sofort auf sie zu geschossen. Sie nahm ihren Hund sofort hoch, sie hatte Angst, um ihren Hund.

Der Besitzer des anderen Hundes schrie verzweifelt hinter seinen Hund her, der überhaupt nicht gehorchte, er hatte nur noch ein Ziel und das war die Terrier Hündin die Läufig war. Dann blieb der Hund vor ihr stehen und sah zu ihrer Hündin hoch und fing an zu winseln. Dann bellte er und sprang hoch an ihr. Jetzt begriff die Erzählerin der andere Hund wollte nur zu ihrer Hündin, weil sie Läufig war und dazu noch in der heißen Phase.

Der Rüde hatte den Duft des Weibchens schon weitem gerochen und war seinem Besitzer ausgerissen. Kein Wunder das alles Schreien nichts half. Aber noch immer versuchte der Hund an das Weibchen zu kommen. Die Frau rief dem Besitzer des Rüden zu, dass ihr Weibchen läufig war. Der Mann rannte in einem größeren Abstand hinterher und rief seinem Hund ununterbrochen zu, dass er zu ihm kommen sollte.

Aber dann kam das, mit dem niemand gerechnet hatte. Der Hund sprang immer noch an ihr hoch und plötzlich klammert sich der große Hund an der Frau fest. Seine Füße krallten sich um die Hüfte und er wollte jetzt das Frauchen, statt die Hündin. Zum Glück war der Besitzer des Rüden da und riss seinen geilen Hund weg und schimpfte mit ihm.

Diesem Hundehalter war die Szene sehr peinlich und konnte sich nur entschuldigen. Der Mischlingshund wollte sich nicht beruhigen und versuchte immer wieder an die Frau zu kommen. Mit Mühe konnte das Herrchen seinen Hund zurückziehen und musste den Rückweg anzutreten. Die Frau mit ihrer läufigen Hündin entschloss sich besser den Rückweg anzutreten. Beim Erzählen meinte sie: „Dieses Erlebnis wird sie nie vergessen, es wird nicht viele Frauen geben, die ein Hund vergewaltigen wollte."

Der Hund meinte wohl: „Wenn ich nicht an die gut riechende kleine Terrier Hündin komme, dann nehme ich einfach das große Frauchen, passt auch von der Größe besser zu mir. Deswegen bin ich doch kein ungezogener Hund?"

Die Terrier Hündin wird sich gedacht haben: „Einmal so einen großen Verehrer haben und gleich geht er Fremd und das noch mit meinem Frauchen!"

# Geschichte 12

## Der Traktor

Es gab noch eine Geschichte von meinen beiden Dackelmischlingen, die ich noch nicht erzählt hatte. Sie machten immer Unsinn. Dieses Erlebnis konnten wir nie vergessen.

Es war an einem sehr schönen Herbstwochenende, ich kam nach dem Mittagessen mit einer bekannten Freundin beim Gassi gehen zusammen und wir plauderten. Dabei kamen wir auf die Idee: „Dass wir zusammen mit unseren Hunden einen Ausflug zu einem nicht weit entfernten See machen könnten, dort spazieren gehen und unsere Hunde zusammen springen lassen und die Hunde können auch ins Wasser."

So hatten wir das auch gemacht. Die Freundin nahm ihr Auto, es war größer und ihr Hund war auch größer, ein Springerspaniel. Nach einer kurzen Fahrt waren wir an dem See und wir liefen zusammen gemütlich um den See und die Hunde hatten zusammen ihren Spaß. Das Springerspaniel Weibchen hatte ihre extra Freude und wollte immer wieder ins Wasser, das meinen Hunden überhaupt nicht gefiel. Sie hatten mit den vielen Mäuselöchern und Maulwurfhügeln zu tun. Nach einiger Zeit, als sie sich ausgetobt hatten und der Springerspaniel immer Nass war. Beschlossen wir, dass wir die Hunde auf einer größeren Wiese noch einmal spielen ließen, damit ihr Hund trocken würde.

Diese Wiese lag etwas tiefer und oben auf einer kleinen Anhöhe verlief eine kleine Straße, hier fuhren alle paar Minuten einige Bauern mit ihren Traktoren vorbei. Das um diese Zeit nicht ungewöhnlich war. Ein schöner Herbsttag, die Bauern wollten ihre Ernte noch schnell einholen.

Aber wir hatten nicht mit meinen Hunden gerechnet. Wie so oft an diesem Tag, fuhr mal wieder ein Traktor mit einem größeren Anhänger vorbei. Irgendetwas klapperte an diesem Fahrzeug. Plötzlich sah mein Weibchen nach oben und fing sofort an zu rennen und zu bellen.

Natürlich ließ sich mein Männchen nicht lange bitten und rannte seiner Schwester mit lautem Gebell hinterher. Sekunden später rannte der Springerspaniel auch noch dazu hinterher. Wir schrien, sie sollen zurückkommen, aber es hatte keinen Sinn mehr. Alle drei Hunde jagten einem riesigen Traktor hinterher und bellten dem Gefährt hinterher. Dem Bauern interessierte es nicht, dass unsere Hunde seinen Traktor verfolgten und fuhr einfach weiter. Ganz nah waren die Hunde an dem riesigen Reifen und bellten den lauten Traktor an. Vor Angst war uns fast das Herz stehengeblieben. Hoffentlich kamen die Hunde nicht unter die Räder, dann wären sie sofort Tod gewesen.

Was blieb uns nur übrig, als dass, wir auch hinterherrannten. Jetzt rannten alle einem riesigen Traktor hinterher. Nach einigen hundert Metern, fuhr zu unserem Glück, das riesen Ding auf ein Feld und blieb stehen. Wir konnten von weitem beobachten, dass die Hunde somit das Interesse an dem Fahrzeug verloren hatten. Dieses noch einmal kurz anbellten und dann enttäuscht umdrehten. Ganz langsam liefen die drei Hunde zusammen zurück. Ganz außer Atem nahmen wir unsere Hunde in Empfang. Was hatten sich die Hunde wohl bei diesem Unsinn gedacht. Wir packten unsere Hunde sofort und verfrachteten sie in das Auto und fuhren heim. Schimpfen konnten wir nicht, wir waren total außer Atem und sie waren ja zurückgekommen. Wir brachten kein Wort mehr unter der Heimfahrt heraus, es war totenstille im Auto. Die Hunde lagen ganz still im Auto. Die Hunde hatten vielleicht doch bemerkt, dass sie etwas verkehrt gemacht hatten?

Meine Hunde hatten sich wohl gedacht, wenn der Traktor so laut war, mussten wir ihn doch anbellen und beschimpfen. Damit war ich doch kein ungezogener Hund?

# Geschichte 13

## Der Ausreißer

Die neue Geschichte handelte sich um einen absoluten kleinen pfiffigen Hund, der sich absolut an keine Regeln halten wollte. Er brachte sein Herrchen zur Verzweiflung. Der kleine Mischling war auf dem Land zu Hause, er war ein Yorkshire und Jack Russel Mischling, ein hyperaktiver Hund. Aber ich hatte gehört, ein sehr lieber Familienhund.

Den ganzen Tag war der Hund in seinem Garten. Dann etwas später, rief Frauchen ihren Hund, sein Lieblingsfressen hatte Frauchen an seinem Platz hingestellt, aber der kleine Hund kam nicht. Nichts rührte sich, es war total still im Garten. Sie dachte sich: „Wo hat sich der Kleine wohl versteckt." Sie lief den ganzen Garten ab, kein Hund war zu sehen. Bis sie ein Loch unter dem Zaun entdeckte, ihr Hund hatte sich durchgegraben. Wohin war ihr Hund wohl ausgerissen. Kurze Zeit später wurde ihr Hund bei einer läufigen Hündin gefunden. Gut das sich die Leute auf dem Land so gut kannten. Die Frau holte ihren kleinen Ausreißer gleich ab und ließ ihn am nächsten Tag wieder in den Garten. Das Loch hatte ihr Mann sicherheitshalber zugeschüttet, so aber, dass der Kleine keine Möglichkeit hatte, zum Ausreißen.

Es vergingen ein paar Tage, der Hund blieb in seinem Garten, er machte keine Anstalten auszubrechen. Dann kam doch der Tag, die Frau rief nach ihrem Hund und nichts rührte sich in ihrem Garten. Der Hund war wieder verschwunden, er hatte wieder ein Loch durch den Zaun gegraben. Dieses Mal war er nicht bei der läufigen Hündin. Die Frage stellte sich gleich, wo war der Hund dann? Später riefen einige Leute aus dem Dorf die Frau an, dass ein Hund der aussah wie ihr Hund, ganz gemütlich durch das Dorf spazierte und alles genau ab schnüffelte. Jedes Eck, jeden Busch, jede Hausecke untersuchte, viele einzelne Gerüche untersuchte der Kleine und war glücklich darüber. Keinen Gedanken verschwendete der Hund, dass ihn vielleicht jemand suchen könnte. Aber das Frauchen hatte ihn bald gefunden und brachte ihn wieder in sein zu Hause. So richtig glücklich fühlte sich der Hund aber nicht, dass er wieder in seinem Reich war. Er wurde bestraft, dass er ausgerissen war und seinen Garten verlassen hatte.

So dauerte es nicht lange und der Hund war bald wieder ausgerissen. Wieder fand die Frau ein neues Loch in ihrem Garten und ihr war sofort klar, welcher Experte dieses fachgerechte Loch gegraben hatte. Dieses Mal bekam die Frau keine Panik, sie konnte sich sofort denken, in welchen Bereich des Dorfes sie ihren kleinen Ausreißer finden würde. Es dauerte nicht lange und der Hund war wieder in ihrem Garten. Aber dieses Mal war er am Rande des angrenzenden Waldes gefunden worden. Immer wieder neue Gebiete in seinem Umkreis wollte der Hund kennenlernen. Aber der Frau war jetzt klar, dass es nicht lange dauern würde und der kleine Ausreißer würde wieder einen kleinen Ausflug machen, um seine Umgebung kennen zu lernen.

Der kleine Hund hatte sich gedacht: „Ich kann doch auch mal was alleine Unternehmen. So kann ich in aller gemütlichen Ruhe, alles ganz genau Untersuchen und niemand zieht mich weg. Deswegen bin ich doch kein ungezogener Hund?"

# Geschichte 14

## Tablettenklau

Frauchen hatte große Kreuzschmerzen, sie musste Schmerztabletten einnehmen und legte sie auf dem niederen Wohnzimmertisch ab. Sie dachte sich nichts dabei. Sie ging kurze Zeit später außer Haus. Der Hund war ja brav und konnte längere Zeit alleine bleiben. So verließ sie die Wohnung und macht ihre Einkäufe.

Aber, als sie dann nach Hause kam, traute sie ihren Augen nicht. Hatte der Hund ihre Tablettenschachtel vom Tisch geholt und hatte alles im Wohnzimmer verstreut. Wie er das geschafft hatte, alle Tabletten heraus zu holen. Die Tabletten waren alle aus der

Plastikhülle und am Boden verstreut, keine einzige mehr war verpackt. Viele der Tabletten waren noch unversehrt, einige Tablettenbrösel waren am Boden verstreut, hatte er einige gefressen, dass konnte sie nicht nachvollziehen. Gott sein Dank hatte er auf jeden Fall nicht alle Schmerztabletten gefressen. Er hätte ja eine Tablettenvergiftung bekommen können.

Das Frauchen hatte einen großen Schreck bekommen. Der Hund blickte sie ganz unschuldig an. Vielleicht meinte er: „Ich wollte mal nachschauen, was das für Tabletten sind und für was die gut sind. Jetzt bin ich bestimmt Schmerzfrei." Deswegen bin ich doch kein ungezogener Hund?

# Kapitel 15

*Schnapspralinen*

Was interessiert einen Hund oder macht ihn neugierig, man kann nicht immer in ihn reinschauen. In diesem Fall bestimmt nicht.

Frauchen hatte die Angewohnheit sich jeden Tag, ein paar Leckerlis mit ans Bett zu nehmen. Sie genehmigte sich vor dem Bett gehen, ein paar Schnapspralinen. Was nichts Ungewöhnliches war. Sie hatte aber mit ihrem Hund nicht gerechnet, dass er sich eines Tages dafür interessieren könnte. Wie jeden Tag ging sie in ihr Bett, naschte ein paar Pralinen und schaltete das Licht aus.

Mitten in der Nacht vernahm sie ein ungewöhnliches Geräusch, sie wachte auf und ging in ihr Wohnzimmer. Darin stand ihr Hund und schwankte auf seinen vier Pfoten, die Pralinenschachtel lag zerrissen und leer daneben. Ihr Hund Kira war total betrunken.

Frauchen konnte nicht glauben, dass ihr streng erzogener Hund, ihre Pralinen vom Nachttisch geklaut und gefressen hatte. Kira konnte erst ihren Rausch ausschlafen und Frauchen würde die Pralinenschachtel in Zukunft, nicht mehr auf dem Nachttisch liegen lassen.

Der Hund meinte daraufhin: „Ich wollte nur probieren was Frauchen da nascht, das schmeckt bestimmt gut, dann bin ich halt ein ungezogener Hund. Ist doch nicht schlimm?"

# Kapitel 16

## *Ein beleidigter Hund*

Cora der Hund von einer Nachbarin, war eine sture Pulli Dame, aber trotzdem eine Liebe.

Die Nachbarin wollte ihre Gartenarbeit machen, aber Cora hatte ganz was anderes im Sinn. Die Hundedame wollte unbedingt mit Frauchen spielen. Cora legte ihr immer etwas zum Spielen vor ihr hin. Frauchen dachte sich: „Ich spiele jetzt mit ihr nicht und mache meine Gartenarbeit fertig und beschäftige mich dann mit Cora."

Frauchen arbeitete weiter und dachte sich nichts dabei, dass sie ihren Hund nicht mehr sah. Als sie fertig war und ihre Geräte aufräumte, dachte sie sich: „Wo ist meine Cora." Sie lief den Garten ab und rief nach ihr. Keine Cora war zu sehen. Sie durchsuchte die ganze Wohnung, keine Cora war zu sehen. Sie dachte sich: „Wo ist mein Hund, der kann doch nicht so einfach verschwunden sein?"

Dann schaute sie in Coras Verstecke, dort versteckte sie sich, wenn es ein Gewitter hatte, dann hatte sie furchtbare Angst. Aber nirgends war ihr Hund sehen. Jetzt bekam es Frauchen mit der Angst zu tun. Wo war Cora? Frauchen ging noch einmal die ganze Hecke entlang und schaute genau hinein. Plötzlich sah sie auf der anderen Seite der Hecke, Cora, sie lag dort seelenruhig neben dem Grill vom Nachbarn und schaute frech herüber.

Die Nachbarn hatten den Holzkohlengrill angeheizt und feine Würstchen draufgelegt. Cora hatte sich gedacht: „Wenn Frauchen nicht mit mir spielen will, dann schaue ich beim Nachbar vorbei, was er auf dem Grill hat, vielleicht fällt etwas für mich ab."

Frauchen rief Cora zu sich herüber, sie reagierte überhaupt nicht und blieb stur liegen. Sie schaute sogar beleidigt weg, was Cora sich dabei dachte, konnte man sich vorstellen. Frauchen ging dann zum Nachbar hinüber und holte ihre Cora zu sich. Frauchen versuchte mit Cora dann zu spielen, aber diese Pulli Dame stellte sich trotzdem stur. Jetzt wollte sie nicht mehr. Sie schaute ihr Frauchen nicht einmal mehr an.

Sie stapfte mit einer Seelenruhe in den Garten zum Nachbar und bewacht den Grill. Erst als sie ein paar feine Brocken vom Grill abbekommen hatte, kam sie langsam zurück und legte sich beleidigt in ihr Körbchen und schmollte weiter. Am nächsten Tag war, alles vergessen. Die Hündin war wieder die Alte.

Cora meinte wohl: „Ich bin kein ungezogener Hund, wenn Frauchen nicht mit mir spielen will, dann besuche ich einfach den Nachbar und schaue nach, was er grillt, das wird nicht verboten sein?"

# Kapitel 17

## Die Hundenase

Chiko unser ein jähriger Mischling, war sehr neugierig und wollte alles kennenlernen. Wir waren auf Sylt im Urlaub, unsere Freunde mit Chikos Brüderchen Joschi waren auch dabei. Wir machten zusammen am Abend einen Spaziergang, die Hunde machten genauso Urlaub und fanden überall neue Gerüche, sie wussten nicht, wo sie ihre Nase zuerst reinstecken sollten. Manchmal hatten wir den Eindruck, dass sie Stress bekamen, alles genau zu untersuchen.

Zuerst waren sie neugierig auf die vielen Kaninchen, die es dort gab und wollten ihnen hinterherjagen, aber das konnten wir natürlich nicht zulassen. Darum ließen wir sie nicht von der Leine und sie mussten sich anders beschäftigen, was den beiden nicht besonders schwerfiel. Unterwegs hatten sie sehr viel zum Untersuchen. Alles wurde ab geschnüffelt und untersucht. So kam es, wie es kommen musste. Plötzlich interessierte sich Chiko für ein Ameisennest und schnüffelte es komplett ab.

Ich zog ihn natürlich davon weg, aber es war zu spät. Chiko hatte sich eine Nase voll Ameisen eingefangen. Das war wohl die Syltner Prise. Kaum waren wir ein paar Meter gelaufen, musste Chiko ununterbrochen niesen, er hörte nicht mehr auf. Immer wieder blieb er stehen und legte sich hin und streifte mit seinen Pfoten über seine Nase und nieste weiter. Für uns war es lustig anzuschauen und wir sagten uns, so musste es mal kommen, denn er steckte wirklich überall seine Nase rein.

Als wir dann in unserer Unterkunft waren, hatte er sich immer noch nicht beruhigt. Er musste immer noch niesen, über eine Stunde dauerte es, bis er die kleinen Biester losgeworden war. Chiko war seitdem viel vorsichtiger geworden, wo er seine Nase reinsteckte. Auch Joschi, sein Bruder musste das bemerkt haben, was sein Bruder in dieser Stunde mitgemacht hatte.

Schnell war alles vergessen, es wurde wieder gespielt und neuer Unsinn ausgeheckt. Chiko sagte sich: „Nur weil ich überall meine Nase reinstecke, bin ich kein ungezogener Hund, ich war nur Neugierig!"

# Kapitel 18

## *Luna*

Luna, die kleine Schwester von Chiko in unserer Nachbarschaft, war eine ganz verrückte, klein und quirlig. Gleich nebenan von ihr lebte ihre Mutter Tiva. Luna war sehr neugierig, sie musste alle begrüßen, ihre Mama Tiva war oft zur gleichen Zeit im Garten und rief nach ihrer Tochter.

Luna suchte sofort nach einer Möglichkeit sie zu besuchen. Sie fand eine, sie kam über den Zaun und sie war plötzlich im Garten von ihrer Mama und sie tollten zusammen, unglaublich. Der kleine quirlige Hund hatte es geschafft über den hohen Zaun zu springen. Das Frauchen fragte sich oft, wie sie es schaffte zu Tiva zu kommen und genauso schnell war sie wieder zurück. Sie glaubten zuerst, Luna sei ein kleines Springwunder. Wie kam so ein kleiner Hund über so einen hohen Zaun und wieder alleine wieder zurück? Sie hatte keinen Tunnel gegraben, sie konnte keinen Stabhochsprung, sie war ganz raffiniert, sie hatte den kleinen Tisch, der am Zaun stand entdeckt, auf den die kleine Luna sprang und dann mit einem Satz war sie über den Zaun.

Dieses Frauchen wunderte sich genauso, wie sie plötzlich in ihrem Garten war. Tiva hatte sich riesig gefreut, mit ihrer Tochter zu spielen. Genauso schnell war Luna wieder verschwunden. Luna nahm ein kleines Geräteschränkchen, das am Zaun stand, als ihr Sprungbrett und zurück war sie in ihrem zu Hause.

Der Tisch und das Geräteschränkchen stehen heute noch, sie darf immer hin und herspringen, wann immer sie will und ihre Mama besuchen. Luna sagt sich: „Ich kann meine Mama besuchen, wann ich will, das lass ich mir nicht vorschreiben. Deswegen bin ich kein ungezogener Hund?"

# Kapitel 19

## Ein unerwarteter Besuch!

Es war an einem Wochenende. Ich war mit meiner Gartenarbeit fertig. Es war ein sehr heißes Wochenende. Meinem Hund war es zu warm draußen, so zog er es vor, auf dem Sofa in der kühleren Wohnung gemütlich zu machen. Die Terrassentür stand offen. Meine Frau machte für den Hund gerade das Fressen zurecht. Aber Aischa meinem Yorkshire-Terrier interessierte das nicht.

Plötzlich schlich da etwas durch die Terassentür, ich glaubte meinen Augen nicht. Da hatte sich doch eine Nachbarkatze in unserer Wohnung verirrt, das konnte nicht sein. Mit leisen Schritten schlich sie in Richtung der Küche. Wo gerade das Futter hergerichtet wurde, für unseren Hund.

Sofort hatte Aischa die Situation erkannt und schnellte vom Sofa auf, mit ein paar Sätzen und lautem Gebell war sie bei der Katze. Die sofort versuchte die Flucht zu ergreifen, aber wohin. Eine wilde Verfolgungsjagd spielte sich jetzt in unserer Wohnung ab. Ein wildgewordener Hund verfolgt eine verirrte Katze. Wer würde wohl gewinnen? Eins war sicher in dieser Situation, meine Frau und ich nicht. Meinen Hund brauchte ich in dieser blöden Situation nicht zurückrufen. Das war sinnlos.

Die vor Angst erschreckte Katze fiel nichts Blöderes ein, auf der Flucht, auf ein Sofa zu springen und danach auf das Fensterbrett. Und unser Hund wild hinterher. Wir konnten dem Kampf nur sprachlos zusehen, die Situation kam so plötzlich, dass wir das nicht verhindern konnten. Als die Katze auf dem Fensterbrett mit einem Satz gelandet war und unser Hund hinterher Sprang. Hörten wir nur noch das Klirren unserer vielen Blumentöpfe, die darauf standen. Alle fegten sie herunter. Der Kampf der beiden Streithähne war schnell vorüber, denn, als alle Blumentöpfe vom Fensterbrett gefegt waren, fand die Katze tatsächlich den Ausgang und war dann schnell über dem Zaun verschwunden. Aischa bellte noch eine Zeit wütend hinter her und kam mit stolzen schritten zurück in die Wohnung und legte sich auf das Sofa.

Nur wir brauchten einige Zeit länger, das Wohnzimmer aufzuräumen und die Pflanzen neu einzutopfen. Der Hund war zufrieden, aber wir nicht. Einige der Töpfe mussten erneuert werden. Es war ein sehr kurzer Besuch, aber heftig.

Aischa hatte sich gedacht, auf so einen Besuch kann ich verzichten. Ich dulde keine Katze in meiner Wohnung. Bin ich nicht ein guter Bodyguard, deswegen war ich doch kein ungezogener Hund?

# Kapitel 20

*Der Brief*

Ich hatte mal wieder eine nette Geschichte aus der Nachbarschaft. Wenn man Hunde hatte, gab es immer etwas zu erzählen. So kam es, das man zusammenstand und die nette Nachbarin die einen jungen Labradorrüden hatte, konnte es sich nicht verkneifen die lustige Geschichte mir zu erzählen. Der Rüde hieß Mirko

Die bekannte hatte ihre Steuererklärung bei einer Steuerhilfe machen lassen und erwartete, das sie etwas Geld zurückbekam, so erwartete sie sehnsüchtig den Briefträger, der ihr den lang erwarteten Brief brachte.

Da der Briefträger die Frau und Mirko sehr gut kannte, wusste er, dass der Hund auf die Post wartete und ihn freudig begrüßte, sie dann seinem Frauchen überreichte, steckte der Briefträger den Brief in Mirkos Maul und der Briefträger machte sich weiter auf den Weg.

Als der Briefträger am nächsten Tag wieder um die gleiche Uhrzeit kam, hatte sie ihm etwas zu erzählen. Erst erschrak der arme Mann und meinte, dass er Schuld sei, an dem was geschehen war, aber die Frau wusste, dass der Briefträger schon sehr lange die Briefe Mirko gab und sie es ihrem Hund so beigebracht hatte. Nur, dass Mirko mal einer anderen Meinung war, damit hatten beide nicht gerechnet.

Als Mirko den Brief erhalten hatte, meinte er: „Der Brief kann nichts Gutes sein, den nimm ich mit in den Garten und zerrupfe ihn mit meinem Maul, das Frauchen ihn erst gar nicht mehr lesen kann, so einfach ist das."

Nach kurzer Zeit dachte sich das Frauchen, der Briefträger war doch da, warum hat Mirko mir die Post nicht gebracht und lief in den Garten und sah Mirko gemütlich beim zerrupfen des Briefes. Sie glaubte ihren Augen nicht, ausgerechnet den Brief, auf dem sie schon so lange gewartet hatte, kaute Mirko gemütlich herum, sie konnte keine Zeile mehr lesen. Sie schimpfte zwar Mirko noch, aber der Brief war hin. Sie rief dann beim

Finanzamt an und bekam dann etwas später einen neuen Bescheid.

Mirko sagte sich: „Einen Brief vom Finanzamt kann nicht Gutes sein, den muss man sofort vernichten, am besten fressen, denn Leckerlies bekomme ich auch nicht davon. Deswegen bin ich doch kein ungezogener Hund?"

# Kapitel 21

## Sägespäne

An einem schönem Frühjahrstag, hatte ich mir gedacht, das Wetter ist nicht zu heiß und nicht zu kalt, ein großer Berg von Holz lag da, bereit klein zu sägen und zu spalten. Ich holte mir meine Kettensäge aus dem Schuppen und stellte mein Säge-Bock in ein Eck im Garten.

Unser Hund ein kleiner Yorkshire Mischling war im Garten, er war gerade 2 Jahre alt geworden, er heißt Chiko, meine Frau sagte oft zu ihm Chikomann, dass kommt daher, Chiko man, was hast du wieder angestellt! Er war ganz aufgeregt und fragte sich, was Herrchen wohl Neues machen würde, er musste überall dabei und seine Nase reinstecken, er war sehr neugierig.

Ich beauftragte meine Frau sicherheitshalber, dass sie den Hund zu sich in die Wohnung nehmen sollte. Er sollte beim Sägen nicht unbedingt dabei sein. So brauchte ich auf den Hund nicht aufpassen. Meine Frau rief Chiko zu sich in die Wohnung und machte die Terrassentüre zu und ich fing an zu sägen, die Späne flogen.

Meine Frau sah eine Nachbarin am Garten vorbeilaufen und mit ihr wollte sie unbedingt etwas besprechen und Chiko wollte die Frau unbedingt begrüßen. Meine Frau ging in den Garten zu der Frau und Chiko natürlich mit. Begrüßte kurz die Frau und dann kam er zu mir. Er legte sich direkt neben dem Säge-Bock in die Sägespäne und wurde von den neuen Spänen zugedeckt. Ich wollte unbedingt fertigwerden und sägte einfach weiter, der Hund fühlte sich neben mir und in den Sägespänen wohl.

Meine Frau redete mit der Frau weiter und achtete überhaupt nicht auf Chiko. Ihm musste plötzlich eingefallen sein, dass es in der Wohnung gemütlicher war. Ich hatte nicht aufgepasst, ich arbeitete einfach stur weiter. Er hatte sich kurz auf die Couch gelegt und ist daraufhin ins Bett gesprungen und hatte es sich dort gemütlich gemacht. Überall hatte er seine Spuren hinterlassen.

Als meine Frau mit ihrer Unterhaltung fertig war, war sie in die Wohnung gegangen. Ein großer Aufschrei folgte: „Chikomann wie siehst du aus, wie sieht die

Wohnung aus, alle Späne sind im Bett und auf der Couch."

Nicht nur der Hund bekam seinen Anschiss, genauso ich, das war klar. Aber, wer hatte den Hund hinausgelassen? Sie war natürlich nicht schuld. Chiko sagte sich: „Ich musste doch schauen was Herrchen macht. Deswegen bin ich doch kein ungezogener Hund?"

# Kapitel 22

## *Die Fahrradtour*

Es war ein schöner Sommertag, da beschlossen meine Frau und ich eine kleine Fahrradtour mit unserem Chikomann zu machen. Da unser Hund nicht so groß war, hatte ich einen Korb vorne an der Lenkstange befestigt. Meine Meinung war, so hatte ich immer unseren frechen Hund im Auge.

Wir setzten Chiko in seinen Korb und fuhren ganz langsam los. Chiko war das nicht ganz geheuer, dass sah man ihm an, wir waren bis zu diesem Zeitpunkt, erst einmal mit ihm gefahren. Aber er saß ganz brav in seinem Körbchen und beobachtete wie ein Pascha seine Umgebung. Sicherheitshalber fuhren wir trotzdem langsam weiter, damit sich der Kleine an das Fahrradfahren gewöhnen konnte. Er hatte ein Geschirr an, das am Korb mit einer kurzen Leine befestigt war, damit er nicht aus seinem Korb springen konnte.

Aber Chiko hatte immer etwas auf Lager und sprang trotzdem unter der Fahrt aus dem Korb und hing an der kurzen Leine und pendelte neben dem Vorderrad hin und her. Uns blieb fast das Herz stehen, als wir das sahen. Wir hielten sofort an und holten den Ausreißer zurück in seinen Korb. Chikomann und wir hatten großes Glück gehabt, es wäre nicht auszudenken gewesen, wenn Chikomann in das Vorderrad gekommen wäre. Wir blieben stehen und liefen erst mal mit unserem Hund ein Stück und fuhren dann sicherheitshalber zurück, befestigten ihn dann nicht mehr an der kurzen Leine. Das war ein zu großer Schock für uns gewesen. Was hatte Chikomann plötzlich bewegt, einfach so aus dem Korb zu springen, sah er etwas, dass er jagen wollte, wir hatten keine Ahnung?

Chiko hatte das schnell vergessen, er rannte, als wenn nichts gewesen wäre, in seinem Garten herum und spielte mit seinem Ball. Chiko sagte sich sehr wahrscheinlich, wäre ich nicht an der blöden Leine gehängt, wäre ich nebenher gelaufen. Deswegen war ich doch kein ungezogener Hund?

# Kapitel 23

## Ein kranker Hund

Nur ein paar hundert Meter von unserer Wohnung entfernt, war ein Schrebergarten, die hatten einen ganz lieben Mischlingshund, Tomi hieß er, der eine ganz besondere Eigenheit hatte, die mir irgendwann der Besitzer erzählte.

Jeden Tag ging der Rentner mit seinem Hund in den Garten, dort fühlte sich Tomi sehr wohl, hier hatte er sein Reich, aber wenn es nach Hause ging, wollte Tomi nicht mitgehen. Dann legte er sich immer im Gartenhaus in sein Körbchen und schmollte vor sich hin.

Als sie zu Hause waren und Tomi konnte ein paar Tage nicht in den Garten, weil es regnete, wurde Tomi krank, er fraß nichts, lag nur herum und wollte nicht hinausgehen.

Als sie wieder in den Garten fuhren und war Tomi ein ganz anderer Hund, dann war alles wieder in Ordnung. Das Hundeherz blühte förmlich auf, bis der Abend kam und sie wieder nach Hause mussten, dann legte, sich Tomi im Gartenhaus in sein Körbchen. Daraufhin ließ das Herrchen Tomi in seinem Gartenhaus, er konnte dort frei herumrennen und in sein Haus ein und ausgehen, so wie er es wollte und sich hinlegen, das wollte der Hund. Dort war er sein eigener Herr, in seinem Reich.

Ab diesem Zeitpunkt, war Tomi nur noch in seinem Garten, nur im Winter, wenn es kalt wurde, dann ging Tomi freiwillig mit, dann war er krank zu Hause und sehnte sich auf den nächsten Sommer, damit er wieder in seinem Garten sein konnte und seine Runden laufen konnte.

Tomi meinte: „Das ist mein Garten und dort fühle ich mich wohl! Deswegen bin ich doch kein ungezogener Hund?"

# Kapitel 24

## Der freilaufende Hund

Als ich noch in einer anderen Wohngegend wohnte, kannte ich einen sehr lieben Schäferhund, der mir jeden Tag, wenn ich in der Frühe um 5 Uhr zum Bus lief, entgegen kam. Mich wunderte es nur, dass er ohne Herrchen lief.

Ich kannte sein zu Hause, ich lief jeden Tag an dem kleinen Bauernhof vorbei. Ich sah den Bauern mit einer Leine im Hof stehen und hörte in schimpfen. Er rief mir noch zu, ob ich seinen Hund gesehen hätte. Ich zeigte ihm noch, wo er lang gelaufen war.

An einem Abend, als ich auf dem Heimweg war, sah ich den Bauern und er kam zu mir her und er klagte sein Leid, mit seinem Hund, er hieß Rolf. Er erzählte mir dann: „Dass Rolf einfach nicht an der Leine laufen will, darum springt er über den Zaun, das für ihn keine Anstrengung ist und fort ist er." Ich meinte daraufhin: „Er kennt seinen Weg, tut niemanden etwas, nicht einmal kläffende Hunde interessieren ihn, was soll das, sie lassen das Tor auf, Rolf dreht seine Runde und kommt von alleine zurück."

So war es dann, das Herrchen machte in der Früh für Rolf das Tor auf und er drehte immer, um die gleiche Zeit seine gleiche Runde und kam dann zurück, der

Hund war somit glücklich. Ich sah dann Rolf jeden Tag in der Frühe laufen, manchmal begrüßte er mich und schupste mich mit der Schnauze, er meinte damit, ob ich nicht was Feines für ihn hätte. Manchmal bekam er ein kleines Stück Wurst von mir, dann lief er zufrieden weiter.

Rolf meinte: „Ich bin doch kein ungezogener Hund, weil ich alleine Laufen will, ich bin doch groß genug und zum Frühstück bin ich wieder zu Hause, also was soll das Gezeter.

# Kapitel 25

## Der Fluss

Es war an einem schönen Sommertag, mein Hund Chiko und sein Bruder Joschi spielten auf einem Kiesbett, dort fliesen die Wertach und der Lech zusammen. Wie die wilden tobten die beiden jungen Hunde umher.

Aber mit was wir nicht gerechnet hatten, es waren Enten in der Nähe und plötzlich packte die beiden das Jagdfieber, sie rannten in das Wasser hinein und schwammen den Enten hinterher. Wir schrien den beiden Hunden hinterher, aber es hatte keinen Sinn mehr, die Enten flogen schnatternd weg, sie lachten bestimmt die beiden kleinen Hunde aus, aber die beiden trieben schnell ab und kamen in die Strömung des größeren Flusses und trieben weiter ab. Hatten wir eine Angst bekommen und riefen den Hunden hinterher, dann rannten wir den Hunden hinterher und hofften, dass wir sie einholen könnten. Aber Gott sei Dank hatten wir Glück, an einer kleinen seichten Bucht standen die beiden Hunde und kamen uns entgegen gerannt, als wenn nichts gewesen wäre. „So sind halt die Hunde."

Chiko meinte: „Wir sind doch keine ungezogenen Hunde, nur weil wir die blöden Enten jagen und ein bisschen Schwimmen wollten, die Abkühlung hatte gut getan."

**Schlusswort:**

Wer mit einem Hunden lebt, weiß, dass es mit ihnen nie langweilig werden würde. Sie möchten Spielen und Lernen, sie brauchen immer unsere Aufmerksamkeit, darum geben sie uns ein neues Lebensgefühl, ihre Treue ist unübertrefflich und sie schenken uns ihr ganzes Herz. Ein Familienmitglied das nie fehlen darf, dass genauso Schmerz verspürt und große Freude teilen kann. Darum werden sie immer für neuen Gesprächsstoff sorgen.

Euer treuer Hundebesitzer Peter S. Fischer